玩具

鈴木憲一

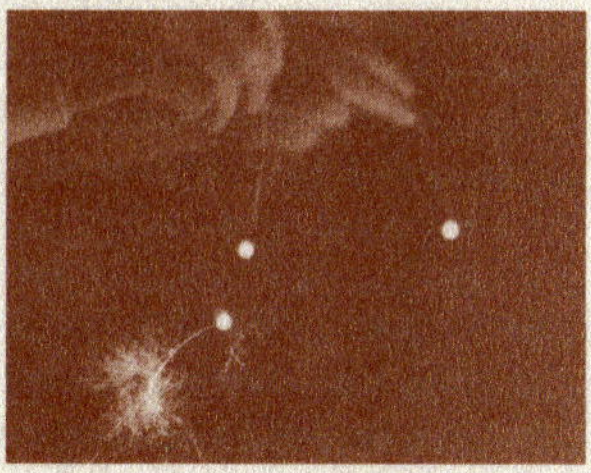

東京四季出版

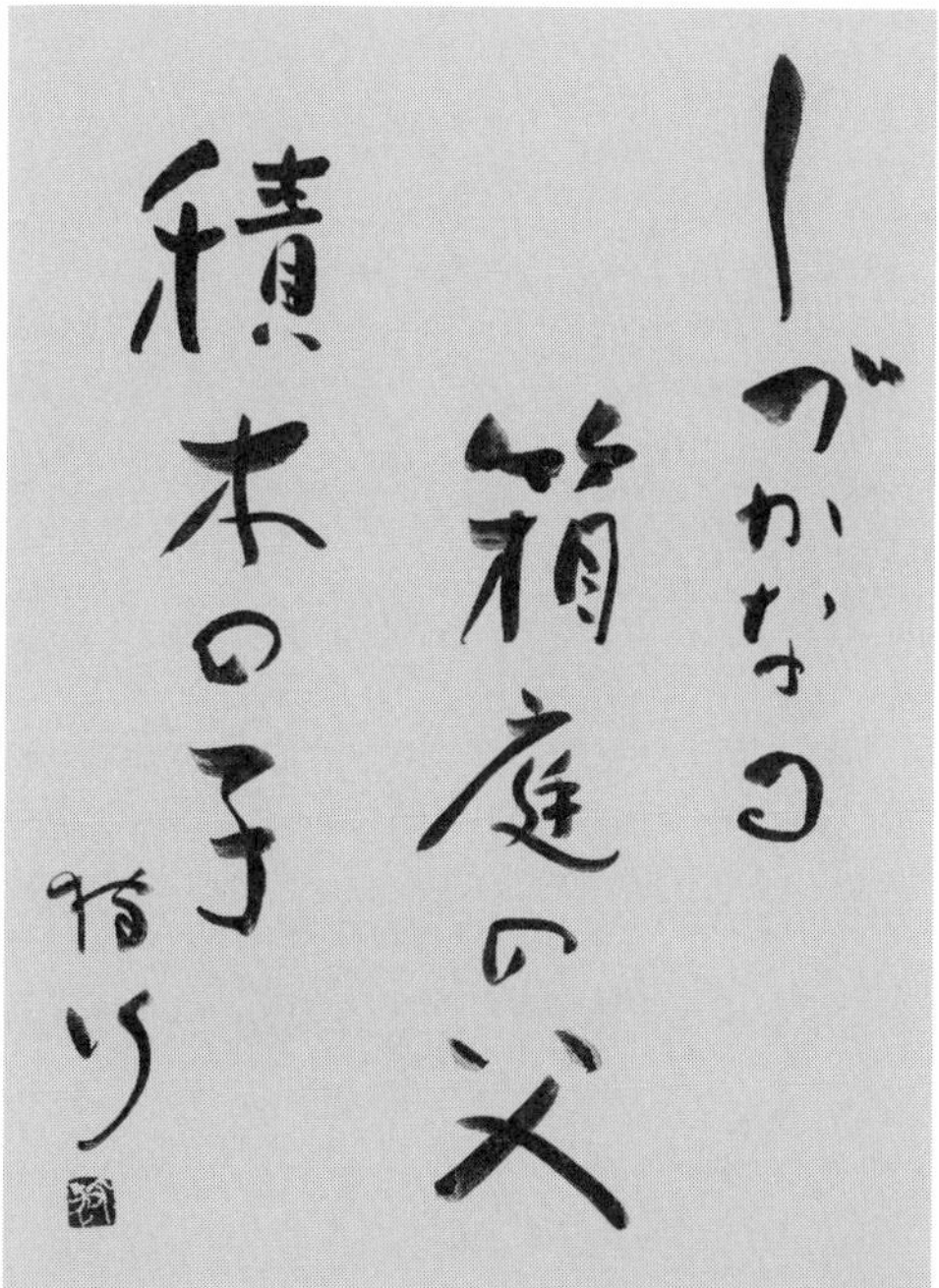

序句　しづかなる箱庭の父積木の子　鷹羽狩行

鑑賞六句

二の矢から少しゆとりや弓始

鷹羽狩行

一の矢を放つときは緊張のあまり的を外してしまったのかもしれない。ところが二の矢のときになると緊張もほぐれ、少しゆとりが生まれたという。たぶん二の矢、三の矢と、的中したのだろう。淑気に満ちた弓始の場面。

里神楽稽古不足を神に詫び

各地の神社で行われる民間の神楽なので、氏子が勤めのあいまなどに稽古して演じるものだから、ついついトチってしまうことも……。「神に詫び」が、なんともユーモラス。

漁火を近く見せたる無月かな

もし月が出ていたら、その明るさで気づかなかったに違いない沖の漁火が、「無月」で近々と見えたというのである。「無月」は名月が雲に隠れて見えないことを惜しむ風雅の世界であり、その背後には生活のために働く人々がいるということを思わせる。闇に瞬く漁火に美を見出しているのだ。「近く見せたる」がよい。

結束にゆるびの見えて余り苗

田植えが済んで余ってしまった苗。初めのうちは団結しているようにも見えた苗だが、すこし丈も伸びてゆるんできたのだろう。人間社会をも暗示させるようだ。

音読の子の声高くなる夜長

子どもの声が高くなったように思われたのは、秋の夜長で、辺りが静まりかえっているから。また音読が本調子になってきたということもあろう。

初躍や飛び跳ねさうな出世魚

新年初めての躍。今にも跳ねそうな生きのよさに、ご祝儀相場で値も弾んだことだろう。成長するにしたがって名前のかわる魚、「出世魚」が働く。

目次

序句　鷹羽狩行　1
鑑賞六句　鷹羽狩行　3
平成十三年〜十六年　11
平成十七年〜二十年　33
平成二十一年〜二十三年　69
平成二十四年〜二十七年　97
跋　手拝裕任　130
あとがき　145

句集

玩具《gangu》

◇平成十三年〜十六年

雛ぼんぼり灯せるままの添寝かな

裸子となりて走りの速くなり

裸子を捕ふ湯上りタオルもて

覗きたる井戸にわが顔今朝の秋

ランドセル少しゆるめに休暇明け

鍬の土洗ひ流して良夜かな

鈴の音の女ばかりの秋遍路

木の実降る水輪の中に水輪生れ

ダンプカー洗ひ勤労感謝の日

着ぶくれの懐深く小銭出す

ふだん着のわれと雀の御慶かな

息かけて押す認印春浅し

重さうな暈を広げて春の月

器より緑こぼれて豆の飯

若夫婦紹介されて溝浚へ

田植機の俄に増えて日曜日
滝壺の納めきれざる滝の音
走り根の波打つごとし男梅雨

預かりて死なせてしまひ兜虫

叱らるるための帰省でありにけり

鶏頭を残し太陽沈みけり

井戸水を切つて白桃供へけり

葛湯吹く母似の口をまるめては

棘抜くに子の目を借りて日のみじか

笹鳴きや農具を積んで乳母車

二の矢から少しゆとりや弓始

亡き父の打ちし釘なり注連飾る

啓蟄や足ぞろぞろと縄電車
姉一人住む古里やみかん花
預かりし赤子に泣かれ麦の秋

釣り上げて船底叩く初鰹
寺領より見えて神領樟若葉
越してきて会釈会釈の溝浚へ

香水を後生大事に老いにけり

住み慣れし色となりたる秋すだれ

爽やかやや風にめくられ朱印帳

神木に絡みて美男かづらの実

団欒を抜けて二階へ虎落笛

神となる面には見えず里神楽

悴みて針穴小さくなる思ひ
婆の目の皺に隠れて初笑ひ
泥吐かぬ貝も交じりて多喜二の忌

子は縦に横に斜めに青き踏む
支へ木の脇息めきて老桜
我を通すほどに育ちて松の芯

つばくらめ影と速さを競ひけり

虫干しのものに並びて母子手帳

老鶯や靴を両手に瀬を渡り

抽斗に溜りし薬半夏生
噛むごとく水呑む犬や日の盛り
獲物みな大きく見えて箱眼鏡

交番の前を行き来の白日傘

遡る魚影の速さ原爆忌

針箱の見ぬ世となりぬつづれさせ

学校の隣はパン屋小鳥来る

特選の菊の疲れてをりにけり

鳩小屋に鳩ゐず十二月八日

木枯やいまも外風呂外廁
尻餅をついて一息大根引

◇ 平成十七年〜二十年

的中の二の矢の音や弓始

勝ち独楽の勢ひ掬ふたなごころ

左義長の火柱闇を深くせり

きさらぎや夜は星座の数誇り
虎杖を高くかざしてバスを止め
すかんぽや手の鳴る方へ子の歩み

隠れ里とは思はれず百千鳥
亀鳴くや高き教材買ひしまま
出棺や屋根に矢車鳴りはじめ

噛んで飲む牧の牛乳風薫る
芙美子忌や乾かぬ肌着炉であぶり
せせらぎに闇ほぐされて螢狩

薔薇園の百花に妻を見失ふ

聞き役の泡出尽してソーダ水

読み終へて序文に戻る夜長かな

色鳥やパンの温みを胸に抱き
掌上の熟柿日ざしの重さとも
千枚の音を一つに田水落つ

脱げさうなぽつくり鳴らし七五三
里神楽思はぬ人の神の役
また一つ梢つぎ足して猟自慢

冬の夜や音たて閉づる広辞苑

日脚伸ぶ玩具の電池転げ出て

青き踏む後ろ歩きの母を追ひ

旧道に間口の狭き種物屋
鍵盤を拭きては鳴らし卒業子
胸像の名を知らぬまま卒業す

春愁や薬のための食事して

帰り道波に攫はれ磯遊び

つちふるや野積の土管のぞき合ひ

まくなぎを払ひ古墳の闇に入る

子育てを終へし身軽さサングラス

梅雨深し玩具の中で子は眠り

警策を受けて涼しき身となりぬ

恐竜の図鑑に這はせ兜虫

昼寝子や玩具の犬は動きづめ

記念樹の緑蔭ことに濃かりけり

砂遊び日傘の母も加はりぬ

七段の滝を経てきて水の澄み

梵鐘を指で弾けば秋の声
切られ役演じ長生き村芝居
五六歩で終る花道村芝居

探梅や農家の縁でもてなされ

里神楽稽古不足を神に詫び

本殿の奥を怖がり七五三

木枯や地図に残りし廃線路
如月や肩幅ほどの路地を抜け
はひはひの雛摑まんと立ち上り

啓蟄や簸の弛みし飼葉桶

神領の桜寺領の八重桜

花むしろ胡座の中に子は眠り

溝浚へ常連一人二人欠け

虫干や栞のところ拾ひ読み

風鈴の短冊読めば鳴り出せり

跳ね橋の音なく閉ぢて蚊喰鳥

烈日の影美しき夏木立

三伏や歩調を変へぬ盲導犬

枡で酒売りたる頃や不死男の忌
松手入れ終へて威を増す鬼瓦
嫁ぐ子と貼れる障子の白さかな

帰りにも段を数へて七五三
七歳の姉が手を引く七五三
じゃんけんのちょきの出来ぬ子日向ぼこ

塩振りて重さ増したる茎の石
祖母の世の重さを今も茎の石
十人の生徒相手の雪合戦

落日にあしたの力山眠る

煤逃げのわれを招きて招き猫

雑踏のほてりを頬に年の市

杣小屋のランプ明かりに雪女郎
読めぬ文字あまた屛風の前に坐し
料峭や箒にからむ鳥の羽根

菜の花や生家にいまも我のもの

雛壇に摑まり立ちをしてをりぬ

休み田に筵敷かれて農具市

鯖に塩振りて卯の花腐しかな
亀鳴くや兄のお下り拒み出し
陽炎や歩き出すかに大師像

並べ売る地酒の銘も桜どき
逃げ水やかつて市電の石畳
仏灯をともして深き五月闇

葉桜や日ざしにさらす蚕の市

蚕豆を剝けばたちまち莢の山

葭切や棚田に水のゆき渡り

芙美子忌や料理の本に染みあまた

捩花や言葉選びて子を諭し

膝小僧そろへて覗く蟻地獄

半島のくびれを攻めて土用波

子ら眠くなりて線香花火かな

折目より地図の破れて原爆忌

借景の山が上げたる望の月

新涼や模型の船に白帆立て

小鳥来るいまも仏に井戸の水

喝采は斬られ役なり村芝居
脱衣場に運動会の砂こぼれ
捨て切れぬものに子の服ちちろの夜

み仏の千手混みあふ寒さかな

寒灯や一刀彫の木屑飛び

日脚伸ぶパッチワークの花ひろげ

◇平成二十一年〜二十三年

長編に挟む栞や去年今年

固きこと称へて鏡開きかな

春浅し夫婦茶碗の縁を欠き

すれ違ふ農婦に野火の匂ひかな
多喜二忌や燃え渋りゐる木の根つこ
大凧を揚ぐる男の声揃へ

鯉の餌をのせて漂ふ薄氷

仏前に匂ふ草餅さくら餅

石庭の渦に巻かれて落花かな

航跡の湾に残りて春惜しむ
葉桜や坐すにほどよき石並び
拭きて染み広げてしまひ芙美子の忌

梅雨晴や作務衣総出の拭き掃除

粉薬喉にざらつく秋暑かな

終戦日集合場所は地下の駅

白桃や暮しの中に今も井戸

小鳥来る農具ばかりの郷土館

松手入れ一番星に見てもらふ

梯子より母校が見えて柿の秋

声変りしたる子役や村芝居

村々を川がつなぎて葛の花

蛇笏忌やペン胼胝の手に鍬握り

足音は和服の歩幅十三夜

湯加減を母に合はせて冬はじめ

ぼろ市の三面鏡に品増やし
号泣のかくも静かに涅槃絵図
放たれて影もあやふき稚鮎かな

野遊びやでんぐり返し子と競ひ

春愁や履くことのなき靴磨き

桃咲くやみどりご笑ふこと覚え

茎立や読み終へぬまに次号来て
塩を撒くことに始まる牧開き
秘めごとは持たず泰山木の花

溝浚へ以後声かけて掛けられて
川舟の櫂の音する夏座敷
暑き日の抜け落ちさうな犬の舌

名水を汲むに順番ほととぎす

雑巾を縫ふも宿題夏休

助手席に乗せて西瓜の落ちつかず

漁火を近く見せたる無月かな

天高し声を束ねて地引網

通り抜けならず猪垣繕はれ

散らばれる玩具の中の木の実かな

争うて引きたる田水落しけり

玩具めく船を見下ろす木の実山

結界に逃げては戻り稲雀

天高し棒高跳のバー揺れて

交番の留守をあづかる雪だるま

短日や鍵を吊してランドセル

白息の人を収めて列車発つ

吸物に開かぬ貝も多喜二の忌

良し悪しを音に聞き分け種袋
はひはひの又つれ戻す花筵
結束にゆるびの見えて余り苗

帆柱を帆のかけ上がる立夏かな

母の日や土に返して鉢の花

蔵壁の剝がれどくだみ花盛り

人声にふくらむ螢袋かな

枕木に錆の染み出る半夏生

廃船に漁網からまる溽暑かな

子の数をかぞへ直して切る西瓜

秋立つや背筋伸ばして墨を磨り

音読の子の声高くなる夜長

秋深し二人に余る部屋の数

豊年や竿に重たき柔道着

九十九折して山もみぢ渓紅葉

綴本の埃ぬぐひて一葉忌

漁火を沖に並べて神迎へ

ゴンドラの滑車の軋み山眠る

相打ちに声の差ありて寒稽古

アルバムに亡き人ふえて冬籠

かざす手に齢のありて焚火の輪

顔見世や女にまさる身のこなし

◇平成二十四年〜二十七年

放流の影うつくしき稚鮎かな

遺産てふ厄介なもの亀の鳴く

制服の名前ひらがな風光る

スーパーのバルーンの上の揚雲雀
惜春や渚に深き靴の跡
反物を肩に垂らして桃の花

仏灯の暗きに匂ふさくら餅

帆を張れば風のあつまる五月かな

たたみ皺風が伸ばして鯉幟

踏んばつて開ける蔵の戸桐の花

見守りのごとく置かれて余り苗

父の日や碁敵として迎へられ

枇杷の種舌で数へて二つ三つ
ゆつくりと跳ね橋の閉ぢ合歓の花
潮の香の座敷に満ちて夏料理

灯を消せば漁火近き夜の秋

あざ小字水がつなぎて稲の花

炊き立ての匂ひに噎せて今年米

せせらぎを跳んで近道雲の秋

警策の一打を待てり枯蓮

ずぶ濡れの犬の身震ひ一茶の忌

食べ頃となる茎の石沈みゐて
短日や分教場に山の影
お隣と声が揃ひて鬼は外

鯛焼の温みに箱の歪みけり

聞き慣るる音も組始めかな

国言葉覚えて帰る四日かな

庖丁を収め厨の余寒かな

下萌や踏めば滲み出る昨夜の雨

女生徒の声が勝りて卒業歌

ロボットのごとく卒業証書受け

靴底に草の弾力穀雨かな

桜しべ降る少女らの髪ゆたか

警策の音に崩るや蟻地獄
みどり児の加はる系図粽とく
授乳して脚立に戻る袋掛

花桐やひねもす開けて蔵の窓

夏萩や渡り廊下は風の道

玉虫のむくろ大事に持ち帰る

日焼子の眠りて白き足の裏

新涼や筆の掠れに力でて

新涼や棚に硝子の鯉を置き

納豆の糸の強さや今朝の秋

鈍行の長き停車や豊の秋

十六夜や渡し場跡に杭の影

吊橋の絡みて揺るる葛の花
子の摘みて茎の短き草の花
障子貼るそびらに父母の遺影かな

長きやまた読み返す入門書

初冬や赤子のこぶし湯でほぐし

住所録消して加へて年惜しむ

水涙をすすり見つかる隠れん坊
遺言を頭の隅に日向ぼこ
冬薔薇を咲かせ鉄条門に錆

採血の腕に残る寒さかな

人日やネクタイ絹の音をたて

初稽古面をかはして胴の音

放課後の廊下の長き余寒かな

なかんづく柳刃包丁冴返る

啓蟄やあたらしき筆嚙みほぐし

春の雪銘に引かれて地酒買ひ
肩越しに男がのぞく針供養
八重椿八重そこなはず落ちにけり

チューリップ六年生に手を引かれ

春愁や鯑の入りたる鯨尺

継ぎ足してみても届かぬ捕虫網

朝礼の全校生徒更衣

海光に香り深めて花みかん

柏餅なかなか男の子授からず

日傘たたみて城壁の影に入る

みどり児の泣き声ほめて武者人形

薬効を信じ卯の花腐しかな

老鶯や旅の切手を舌の上

追伸の長くなりたる夜の秋

宿題の鉛筆の汗ぬぐひては

起伏なき人工島や夏つばめ

豊年やむかしの釜は蓋厚く

初耀や飛び跳ねさうな出世魚

父の手にゆるみ正され凧の糸
島々を遠く近くに花ぐもり
宿題を残して眠り春炬燵

鉄網で囲ふ猪垣や隠れ里

蚯蚓鳴く路地の奥まで舗装され

釜飯の蓋持ち上げて今年米

沖をゆく一灯熊野灘良夜

味噌汁の豆腐大き目今朝の冬

膝毛布二人で一つ人力車

神の留守浮灯台の見え隠れ

初蝶や蒸気機関車展示場

眠る子の重さ忘れて桜狩

玩具　畢

跋

鈴木憲一氏が幹事を務める句会の一つに「サンベル句会」があり、私も指導者の一人として参加している。もう十年以上続いている句会で、二十名近いメンバーが俳句を楽しんでいる。

長年の銀行勤務を終え、数々の趣味の中から俳句を選んだこと、しかも「狩」という結社に身を置いたことによって私と親交を深めることとなった。

誠実、謹厳実直を絵に描いたような人物であることは誰しも認める所で、持ち前の軽快さによって句会の運営等も如才なくこなし、信望厚き鈴木氏である。

句集に眼を移してみると、まず目に付くのが日常的、家庭的な句の多さである。中でも子どもを対象とした句が多い。三人の子育てを思い出し、また度々訪ねてくる孫たちの動きに眼を止めながら、その成長の過程を生き生きと描いたのである。その一部を取りあげてみる。

裸子となりて走りの速くなり
子は縦に横に斜めに青き踏む

青き踏む後ろ歩きの母を追ひ
恐竜の図鑑に這はせ兜虫
本殿の奥を怖がり七五三
子ら眠くなりて線香花火かな
脱衣場に運動場の砂こぼれ
雑巾を縫ふも宿題夏休
はひはひの又つれ戻す花筵
初冬や赤子のこぶし湯でほぐし

二句目、春の野原を家族で歩いたのであろう。大人は主に前向きにしか歩かないが、子ども達は文字通り縦横無尽に走り回る。「斜め」

まで踏み込んだのが秀抜。

四句目、捕らえてきた兜虫は子どもにとってはもう恐竜の一つだ。子どもの空想力のすばらしさを見事に描いた。

五句目、子どもは意外なところを怖がったりするものだ。例えば親戚の二階の暗さに怯えることさえある。めでたい七五三参りなのに本殿の奥を怖がっている姿に思わず苦笑してしまう。

十句目、初めて味わう冬の寒さの中、固く握られた赤子のこぶしが湯で解されてゆく。赤子のこぶしに焦点を絞り、駘蕩たる一景をものにされた鈴木氏の力量を見る。そして次の四句に注目する。

日 脚 伸 ぶ 玩 具 の 電 池 転 げ 出 て

昼寝子や玩具の犬は動きづめ
梅雨深し玩具の中で子は眠り
散らばれる玩具の中の木の実かな

四句とも玩具を詠んだ句であり、これらの句が句集名となったのである。「あとがき」にもあるように玩具など与えられる事も少なかった作者にとって、買い与えた玩具に喜ぶ子らの姿を見ることは無上の楽しみであった。それぞれに玩具と子との関わりの一齣一齣が描かれ、読者に子育ての記憶を蘇らせてくれる。

日常生活を詠んだ句をあげてみる。

春愁や薬のための食事して
聞き役の泡出尽してソーダ水
読み終へて序文に戻る夜長かな
捩花や言葉選びて子を諭し
拭きて染み広げてしまひ芙美子の忌
人日やネクタイ絹の音をたて
釜飯の蓋持ち上げて今年米
若夫婦紹介されて溝浚へ
越してきて会釈会釈の溝浚へ
溝浚へ以後声かけて掛けられて

平凡であるはずの日常生活もこのように詠まれると、日々の出来事が一つのドラマを生みだす貴重な一瞬であることを読者に想起させる。

一句目、食後に飲まなければならない薬ゆえ、食欲が無くても食べなければならない。この不条理な生活に春愁を感じた。

五句目、拭くことによってかえって染みを広げてしまったという経験は誰しもある。軽い悔恨の情、そこに笑いと哀感がある。

六句目、ネクタイを締めるときの音はまさに絹の音だ。銀行勤務の頃を思い出しての一句かもしれない。

後の三句は「溝浚へ」の句である。それぞれ違った角度から詠み、リズムを変えることによって一句一句に独立性をもたらしている。

鈴木氏は学生時代に剣道、弓道などの武道を経験されたと聞いている。単なる傍観ではなく、実体験から次のような句が生まれた。

二の矢から少しゆとりや弓始

的中の二の矢の音や弓始

相打ちに声の差ありて寒稽古

初稽古面をかはして胴の音

鈴木氏の故郷は新宮である。その新宮での郷愁を描いた、あるいは故郷の熊野灘や熊野川を下地にしたと思われる句も捨てがたい。

その代表句が次の十句である。

叱らるるための帰省でありにけり
亡き父の打ちし釘なり注連飾る
姉一人住む古里や花みかん
釣り上げて船底叩く初鰹
獲物みな大きく見えて箱眼鏡
祖母の世の重さを今も茎の石
菜の花や生家にいまも我のもの
川舟の櫂の音する夏座敷
漁火を近く見せたる無月かな
沖をゆく一灯熊野灘良夜

新宮は佐藤春夫、中上健次などの出身地としても知られ、また大逆事件に巻き込まれた大石誠之助の故郷でもある。新宮人の気質は秘めた情熱と反骨精神、そして人情の厚さであるようだ。その片鱗を見せるのが、

泥吐かぬ貝も交じりて多喜二の忌

枡で酒売りたる頃や不死男の忌

多喜二忌や燃え渋りゐる木の根つこ

吸物に開かぬ貝も多喜二の忌

さて、全体として明るく軽い句が並ぶ中で、いくつかその逆を感

じさせる句のあることに気が付く。

鶏頭を残し太陽沈みけり

特選の菊の疲れてをりにけり

芙美子忌や乾かぬ肌着炉であぶり

鯖に塩振りて卯の花腐しかな

枕木に錆の染み出る半夏生

遺産てふ厄介なもの亀の鳴く

惜春や渚に深き靴の跡

十六夜や渡し場跡に杭の影

薬効を信じ卯の花腐しかな

神の留守浮灯台の見え隠れ

それぞれ否定的な表現であったり、「跡」や「影」をじっと見つめたり、重苦しい季語を使用してのこれらの句に、普段は見せない作者の深層を感じる。そもそも人生とはそれほど楽しいものではない。まさに四苦八苦の人生である。その中にあって出来るだけ前向きに物事を見つめ続ける作者だが、その疲れは時として憂鬱な気分をもたらす。右の十句にそれを見るのは深読みだろうか。

もう少し鑑賞させて頂く。

預かりて死なせてしまひ兜虫

子（孫）の期待を裏切ったときの親（祖父）の気持ちは、少しオーバーに言えば「死んで詫びるしかない……」痛切な悔恨の情。

亀鳴くや高き教材買ひしまま

子ども達は立派に成人したが、小さい頃買い与えた教材の中には一度も開いていないものも。座五の「買ひしまま」が寂しい。

半島のくびれを攻めて土用波

島国日本には多くの半島がある。最大の半島は紀伊半島だ。その半島のくびれに注目した作者の手柄。弱いところを狙う土用波だ。

秘めごとは持たず泰山木の花

泰山木の花は鈴木氏の心の象徴かもしれない。青空に向かって無垢なる大輪を咲かせる泰山木は孤高の花である。

鯛焼の温みに箱の歪みけり

箱が歪んだ原因は鯛焼の温もりであった。「歪み」というマイナスのイメージを提示しながら、実は焼きたての鯛焼の美味さを描き出すという巧みな手法を用いている。

比較的遅く俳句を始められたことを悔やみ、その遅れを取り戻すべく人の何倍も努力し励んできた鈴木氏である。今後、米寿までの十年をどう俳句に立ち向かうのか、第二句集が楽しみである。

平成二十七年夏　いくり庵にて

手拝裕任

あとがき

『玩具』は私の第一句集です。平成十三年から平成二十七年までの三二一句を収めました。

六十二歳から俳句を始め、十四年が経ちました。まだまだ句歴の浅い私ですが、平成二十六年二月号の「狩」の後記において、狩行先生が述べられた〈「狩」で学んだ収穫を一冊の形にまとめることは、俳句で綴る自分史ともなる。そして反省も生まれ、次の句作への力にもなる〉のお言葉に強く後押しされ発刊の決意を致しました。また今年で喜寿を迎えますのでよい機会となりました。

句集名の「玩具」は〈日脚伸ぶ玩具の電池転げ出て〉〈昼寝子や玩具の犬は動きづめ〉〈梅雨深し玩具の中で子は眠り〉の三句から採りました。私は一人の娘と二人の息子に恵まれ、その息子達は双子であったので同じものを二つ買わなければなりませんでした。玩具などほとんど無かった時代に育った私にとって、子ども達に玩具を買い与えるのは楽しいものでした。その頃の思い出が句になったわけです。それ以外ほとんど育児に関わらなかった私ですが、三人の子ども達を立派に育て上げた妻には今更ながら感謝の気持ちで一杯です。

最後になりましたが、鷹羽狩行先生の温かいご指導のもと、桑島啓司氏、塚月凡太氏を始め多くの有能な諸氏に恵まれ、ここまでお導き頂きましたこと改めて感謝申し上げます。
上梓にあたり、手拝裕任氏には掲載句の選をお願いし、また過分なる跋文まで頂戴致しました。心よりお礼申し上げます。

鈴木憲一

平成二十七年秋

著者略歴

鈴木憲一（すずき　けんいち）

昭和十三年　和歌山県新宮市生れ
平成十三年　「狩」入会
平成十八年　「狩」同人
平成十九年　俳人協会会員

現住所　〒649-6318　和歌山県和歌山市藤田一一一六―五二

俳句四季文庫

玩 gangu 具

2015年10月28日発行

著　者　鈴木憲一

発行人　西井洋子

発行所　株式会社東京四季出版

〒189-0013 東京都東村山市栄町2-22-28

TEL 042-399-2180

FAX 042-399-2181

印刷所　株式会社シナノ

定　価　本体1000円+税

ISBN978−4−8129−0832−7